NOMBRE Luciéndrago
NO. 0862
NOMBRE Gruñín
NO. 0857
NOMBRE Pegote Uno
NO. 0853
NOMBRE Pegote Dos
NOMBRE Perezoseta
NOMBRE Conejopelusos
NOMBRE Mirillo
NOMBRE Oso Abejorro
NO. 0866
NOMBRE Pinto
NO. 0872
NOMBRE Pompidú
NO. 0855
NO. 0873

EL PROYECTO BARNABUS

The Fan Brothers

EDELVIVES

Barnabus vivía en un laboratorio secreto.
Era mitad ratón y mitad elefante,
y habitaba entre aquellas paredes desde que tenía memoria.

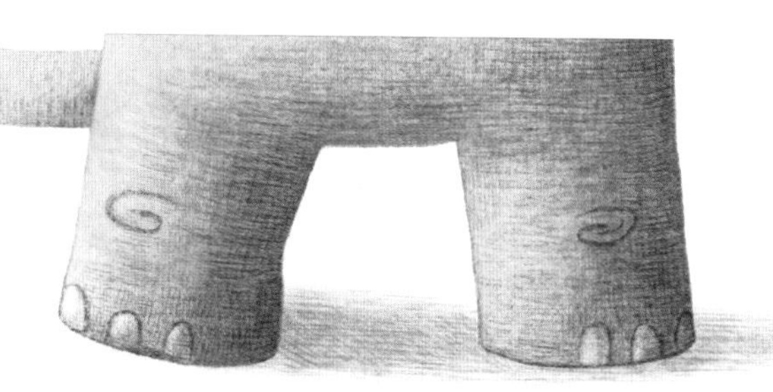

El laboratorio estaba oculto bajo
el local de Mascotas Perfectas,
en una calle de lo más corriente.

CLIPS WILKE
MASCOTAS PERFECTAS
ENTRADA
50% Rebajas
NO ESTACIONAR
Bienvenido
ABIERTO
66a
PELUQUERIA
DE
CABALLEROS

Se encontraba en las profundidades del subsuelo, allí donde nadie pudiera localizarlo nunca.

CLIPS WILKE
ABIERTO 24 HORAS
56
ABIERTO
LAVANDERÍA ANA
Lavadoras y secadoras de gran capacidad
DETERGENTE GRATIS
Panadería Italiana Vita
PAN PARA TODOS LOS GUSTOS
TAHONA
CAFÉ PALACE
MASCOTAS PERFECTAS
NO ESTACIONAR
ABIERTO
PELUQUERÍA DE CABALLEROS
La TIENDA MUS

En ese laboratorio se fabricaban las Mascotas Perfectas.

Solo que Barnabus no era precisamente perfecto.

Por eso había sido trasladado a una zona apartada del complejo: «Proyectos Fallidos».

Su casa era pequeña. La ventaja
es que era fácil tenerla en orden.

Los Trajes Verdes de Goma alimentaban
a Barnabus con su comida favorita:
queso y cacahuetes.

Pero aun así,
él se preguntaba
cómo sería el mundo
más allá de su
campana de cristal.

Pipa, la cucaracha,
les contaba historias
sobre el mundo de arriba.

Una vez habló de un reluciente lago de aguas plateadas,
de árboles verdes y montañas
que se elevaban hasta el cielo,
iluminadas por sus propias estrellas.

—Tal vez algún día me siente en la hierba
a contemplar las estrellas —dijo Barnabus.

Cerró los ojos y casi logró verlas.

—¡Imposible! —dijo Pipa.

—No hay nada imposible —replicó Barnabus.

Pero, en el fondo, le preocupaba que su amiga llevara razón.

En ese instante, llegaron los Trajes Verdes de Goma.

Encendieron las luces
y revisaron una a una
las campanas de cristal.

Intercambiaron una serie
de extraños cuchicheos.

Fisgaron
e indagaron.

Observaron
y escudriñaron.

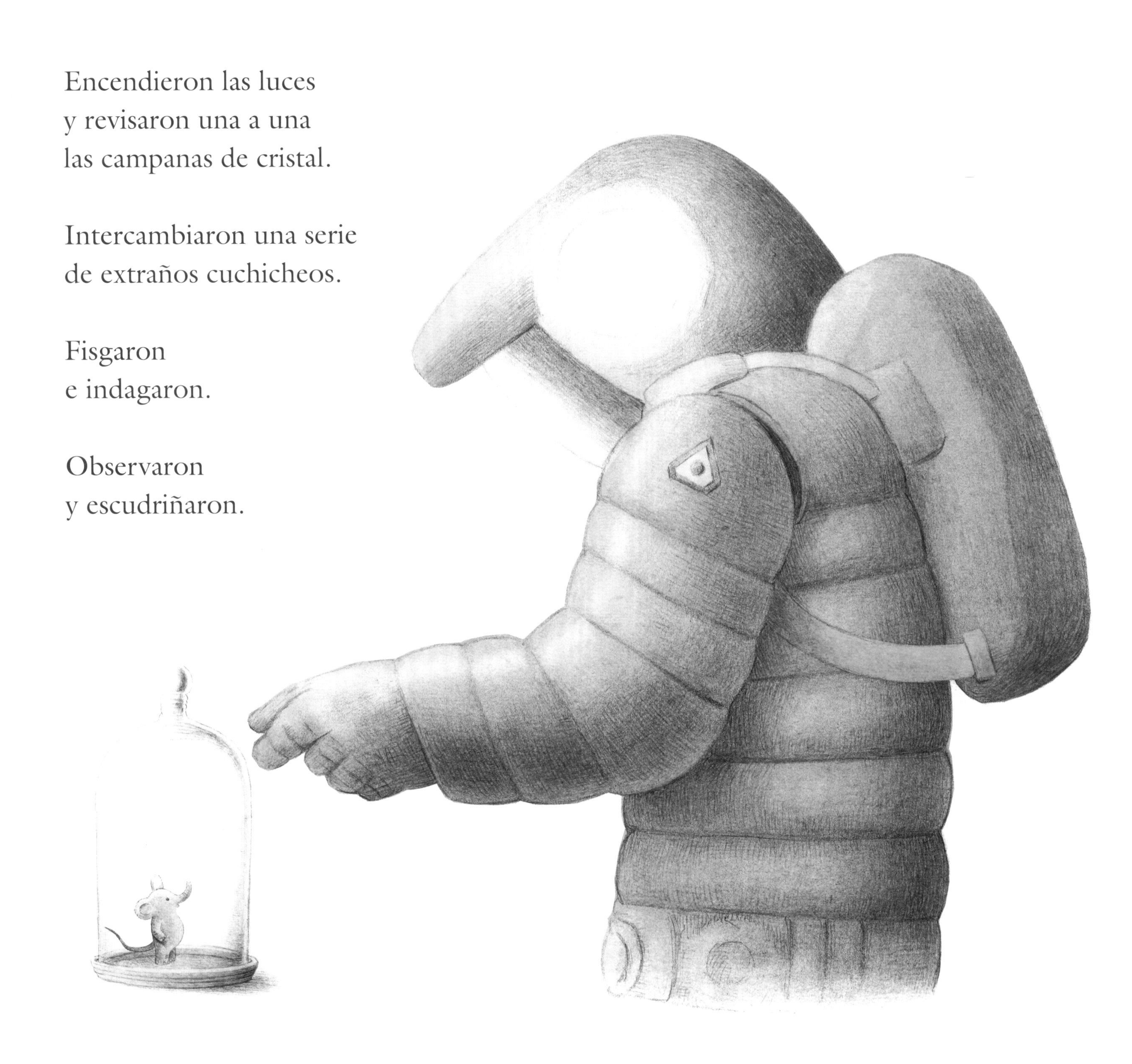

Marcaron cada campana con un sello rojo.

Luego se marcharon.

—¿Qué significa eso?
—preguntó Barnabus mientras
miraba la marca roja.

—Significa que te van
a reciclar —declaró Pipa—.
Es lo que hacen
con los proycctos fallidos.

—Cuando terminen, serás
más peludito —aseguró Pipa—.

Y más bonito,
y tus ojos probablemente
se hagan más grandes —añadió.

—Me gusta tener los ojos pequeños —dijo Barnabus,
aunque ya ni siquiera estaba seguro.

Barnabus se deslizó por el cristal
de su campana y se sentó.

No era lo bastante peludo, y más que ojos
tenía ojillos, pero él se gustaba así.

¿Y si, una vez que lo reciclasen, los cacahuetes
y el queso dejaban de ser su comida preferida?

¿Y si sus amigos no lo reconocían?

¿Y si dejaban de importarle los árboles verdes y
las montañas iluminadas por sus propias estrellas?

FALLIDO

—¡Tenemos que escapar! —exclamó de pronto Barnabus.

Los demás proyectos fallidos resoplaron,
pero después se alborotaron.

—Imposible —dijo Pipa.

—No hay nada imposible —dijo Barnabus.

Dio un paso atrás…

y pateó el cristal con todas sus fuerzas.

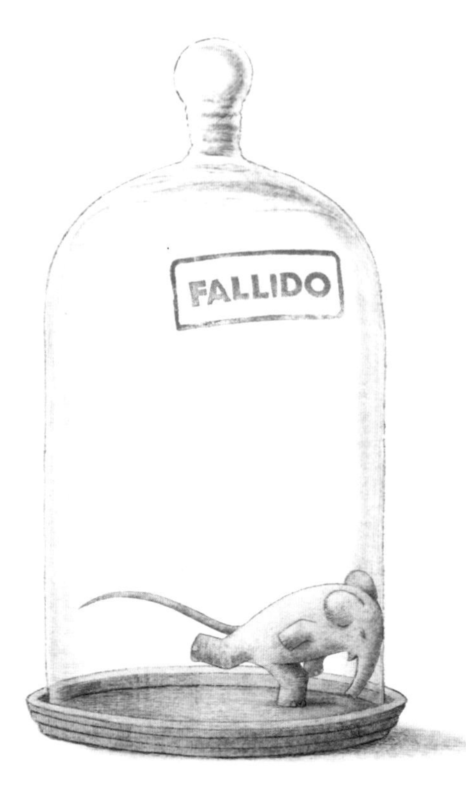

Embistió con la cabeza.

Pero la campana era mucho
más dura que él.

Por último, emitió un sonido
lastimero con su trompa…

¡Y apareció una pequeña fisura!

¡¡BRUUU

UU!!

FALLIDO

¡Era libre!

Se apresuró en liberar a sus compañeros: a los Conejopelusos, a Luciéndrago, Oso Abejorro, Espinaco, Perezoseta, Wally Sinuoso, Pegote Uno y Pegote Dos, Fusta, Basbas, Pompidú, Pelotuga, Guiñín, a los Botellabichos, Buhonote, Parsifal, Pincho, Pinto, Cloe, Mirillo y a Milhojas. A todos.

Como nunca habían salido de sus campanas, el alboroto fue tremendo. Gritaron y cantaron entusiasmados. Chillaron y se rieron a carcajadas. Estiraron las piernas y pegaron saltos de alegría.

Se calmaron un poco y se asomaron al borde.
La distancia hasta el suelo
era considerable.

—¿Y ahora? —preguntó Fusta.

—Debemos trabajar en equipo
—aseguró Barnabus.

Uno tras otro,
se ayudaron a bajar.

mL 0
±5%
50
100
150
200
250
300 mL
±5%
250
200
150
100
50
25
20
15
10
5

… hasta que todos alcanzaron el suelo.

—¡Chist! —exclamó Barnabus, y todos guardaron silencio.

Entonces también ellos lo sintieron.
¡Pasos en el pasillo exterior!

—¡Rápido! —dijo Barnabus—. Podemos meternos por aquí.

Desconfiaba de los lugares oscuros,
pero los pasos se oían tan cerca…

Se colaron por el respiradero en fila india,
con Luciéndrago a la cabeza.

Algunos casi no cabían, y avanzaban apretujados.

El respiradero conducía al rincón más secreto del laboratorio secreto.

Alzaron la mirada…

FALLIDO

—¡Tenemos que CORRER! —gritó Pipa.

Pero Barnabus no se veía capaz.
El gran ojo tristón parecía
mirarlo directamente a él.

—No podemos abandonarlo —opinó

—Da miedo —dijo Pipa.

—¡Es un monstruo! —dijo Fusta.

—¡Es horripilante! —dijo Espinaco.

—¡No! ¡Es un proyecto fallido!
—replicó Barnabus—. Como nosotros.

Entre todos giraron la gran válvula de apertura del tanque.

Pero era demasiado tarde…

PELIGRO

¡Los Trajes Verdes de Goma los habían descubierto!

Cuando todo parecía perdido,
las compuertas del tanque se abrieron.

La corriente los arrastró hacia arriba…

Al mundo exterior.

WANDA SINUOSA
MASCOTAS PERFECTAS
REPOLLINO
50% off
¡SOLO AÑADE AGUA!
ABEJORRO ESTRELLA
FUNGO
MASCOTA DE ACCIÓN
GRAN PÍO
¡¡20 MELODÍAS ÚNICAS!!
Chitón
PSSS... ¡HABLA EN SUSURROS!
PEQUEÑO PÍO
¡10 MELODÍAS ÚNICAS!

Por fin abrieron los ojos: estaban en medio de un charco,
rodeados de estanterías de Mascotas Perfectas.

Todos echaron a correr hacia la salida…

Barnabus se detuvo.

Era casi como mirarse en el espejo,
solo que los ojos de Barnaby eran más grandes,
y su pelo, esponjoso como una nube de algodón.

Era perfecto.

—¡Barnabus! —gritó Pipa desde la puerta de la tienda—.
¡Mira! ¡Es el mundo exterior!

Barnabus corrió a reunirse con sus compañeros.
Quizá no fuera perfecto…

¡Pero era libre!

CLIPS WILKE

El mundo era mucho más grande de lo que Barnabus
y sus amigos habían imaginado.

Tal como había contado Pipa, había montañas que se alzaban
hasta el cielo, iluminadas por sus propias estrellas.

—Tenías razón —reconoció la pequeña cucaracha—.
No hay nada imposible.

HOTEL

No tardaron en encontrar un lugar soleado,
con árboles verdes, césped suave y un bullicio feliz.

Un sitio que podría ser su hogar.

No todo fue fácil…